KB022056

어머니의 참깨밭

어머니의 참깨밭

펴 낸 날 2024년 04월 24일

지 은 이 한진욱
펴 낸 이 이기성
기획편집 서해주, 윤가영, 이지희
표지디자인 서해주
책임마케팅 강보현, 김성욱
펴 낸 곳 도서출판 생각나눔
출판등록 제 2018-000288호
주 소 경기도 고양시 덕양구 청초로 66, 덕은리버워크 B동 1708호, 1709호
전 화 02-325-5100
팩 스 02-325-5101
홈페이지 www.생각나눔.kr
이 메 일 bookmain@think-book.com

• 책값은 표지 뒷면에 표기되어 있습니다.
ISBN 979-11-7048-695-4 (03810)

Copyright © 2024 by 한진욱 All rights reserved.
· 이 책은 저작권법에 따라 보호받는 저작물이므로 무단전재와 복제를 금지합니다.
· 잘못된 책은 구입하신 곳에서 바꾸어 드립니다.

한진욱 시집

어머니의 참깨밭

서정이 유유히 흐르고 있는 강가에
노을이 물들어가고 있는 것처럼
맑고 깨끗한 시

생각나눔

|서 문|

시집 『어머니의 참깨밭』을 내면서

열아홉 살, 부모님께 큰절하고 천리길 걷겠다고 길을 나섰다. 나의 꿈을 펼치기 위해서 빨리 독립을 해야 한다 생각하며 대문을 나설 때, 가진 것은 오직 튼튼한 허벅지 하나뿐이었다.

아름다운 캠퍼스 생활과 땀과 뜨거움으로 얼룩진 군생활을 거쳐 마침내 사회 초년생으로 산업 전선에 뛰어 들었다. 수많은 불면의 밤을 새우며 이루어야 할 것을 이루었다.

그러나, 가슴 한편에 늘 공허함과 막연함이 나의 정신을 흔들었고 채우지 못한 그 무엇에 힘들어 했다. 고향, 향수, 정… 이러한 것들을 뒤로 할 것인가, 아니면 그 속에서 나의 힘의 원천을 찾을 것인가

고민하였다.

글을 쓴다는 것, 시를 쓴다는 것, 공학도이며 엔지니어인 나에게는 늘 버거운 일이었고 두려운 일이었다. 하지만 서투른 재주이지만 나에게 시는 에너지의 원천이었고 비타민이 되었기에 조금씩 시를 모았다.

나의 이 시집이 나와 내 가족 그리고 오늘의 나를 있게 해주었던 모든 분들에게 감사의 마음을 대신 전하여 줄 수 있기를 희망하며 첫 시집을 발간한다.

※ 페이지 여백에는 글에 덧칠하듯 삽화를 그려보았다.

2023년 12월 31일 아침에

노월 **한진욱**

목 차

제1부 길

제2부 세 월

제3부 풍 경

제4부 먼 산

제1부

길

어머니의 참깨밭

하얀 꽃 방울로 조롱조롱 걸려있는
8월의 햇살 짙은 참깨밭 고랑에
등짝 훤히 헤어진 얇은 저고리의
울 엄마 가냘픈 어깨가
바삐 춤춘다

풀 뽑고 이랑 세우다 거칠어진 고운 손
손톱 밑 검은 때 씻을 틈 없이
솔가지 연기 피워 차려낸
저녁상 한 모서리에
밤하늘 깨알 같은 별들이
내려앉았다

밥상 물려 쳐다본 여름 밤하늘
별도 사라지고 달도 사라지고
텅 빈 하늘엔 객지 나간 아들 딸

머얼거니 떠올라

합장한 두 손 위에는

눈물방울 몇 방울

하얀 꽃 갈바람에 흩어져가고

참깨 씨앗 저리도 여물었는데

울 엄마 지친 몸은 병이 깊어져

문풍지 바람에 우는 겨울 어느 날

내 마음도 바람 따라 함께 울었다

코스모스 들녘

"내 인자 가니더 잘 계시소."
어금니 꽉 다물고 길 나서는 열아홉
가을빛 넘실대는 강둑길에는
코스모스 안타까이 흔들리고 있었다

살아도 살아도 낯선 도시의 불빛
흐느낄 수조차 없는 고달픔이 밀려올 때
기억 속에 어둑한 강둑길 찾아가면
달빛 물든 코스모스
어서 오라 손짓하였다

걸어도 걸어도 닿을 수 없는 땅
아직도 남은 길 가늠 안 될 반백의 남자
남쪽으로 이어진 들녘에서 바라본 하늘
반겨줄 이 떠나버린 저기에
지금도 코스모스 피어 있겠지

외갓집 가는 길

경주시 내남면 용장마을
남산자락 안고 내린 골목길 따라가면
봉선화 피어 있는 낮은 담장 이어지고
저기 저 빈집에는 어느 누가 살다 갔나
공이 없는 절구통만 말없이 놓여 있다

뒤뜰에 감꽃이 봄바람에 뒹굴던 날
열여섯 우리 엄마 시집 길 나서는데
외할머니 치맛자락 뒤 어린 동생 눈망울에
사립문 넘지 못하고 머뭇거린 우리 엄마
한 손에 쥔 보따리 위에 떨어지는 이슬방울

그날처럼 햇살 좋은 아침나절
당신의 흔적 찾아 그립던 길 걸어보면
접시꽃은 연분홍으로 곱던 당신 추억하고
삐그덕 대문 소리에도 인기척이 없었는데
참깨 볶는 외숙모 등 뒤에서 당신 모습 봅니다

인동꽃(金銀花)

뒷산 뻐꾸기 울어
여린 봄날이 깊어 갈 때면
푸르던 밀밭 길에 흙바람 일고
햇살 내리는 돌 언덕에
하얗게 피었다가 노랗게 물들었던
내 어린 날의 꿈이 있었다

서쪽 산그늘 짙은
바람의 언덕에서 뿌리내려
긴 겨울 구비구비 견뎌 온
정한 인동의 줄기들이
길 떠난 사람들의 저마다 가슴을
토닥토닥 달래며 꽃무더기 피웠다

잔바람 일렁이는 오월
산 넘고 물 건너 세상을 떠돌았던 몸

이제사 이끌고 그 언덕에 올라

여수에 아파했던 수많은 사연들을

하얗게 펼쳤다가 노랗게 접어서

빙빙 바람개비로 돌려봅니다

남한산성

눈이 깊어 북풍이 매섭던 날
붉은 피 흘려 당당하고자 했던 이
엎드려서라도 살아남자고 했던 자
모두가 떠난 자리에
굴참나무 마른 잎은 떨어져
겨울 산성 그늘진 곳에 모였다

성벽은 굳건하나
안에서 스스로 무너질 것이라던
오랑캐의 서글픈 예측은
오늘까지 이 땅에 머물러 있음을
기둥 붉고 잎 푸른 저 소나무는
아는지 모르는지 말없이 서 있다

죽음은 견딜 수 없고
치욕은 견딜 수 있다 했으나

반백을 넘어 산성에 올라보니

죽음도 치욕도 긴 세월 속에는

마른 가지 흔드는 한갓 바람일 뿐이라

굴참나무 마른 잎이 전해주었다

바실라

물빛 일렁이는 호수의 아침
연초록 바실라 긴 뜨락에서
유채꽃 머금은 커피를 마신다

멀리 푸른 산이 다가오니
놀란 꽃들이 바람에 길을 열고
서른 살 아내가 포롱포롱 달려온다

잔 속에 낯익은 얼굴 웃고 있는데
세상의 고요가
이명처럼 들리더니
어느새 나도
풍경이 되어 있었다

경주 보불로 바실라 까페에서

가을여행

날더러 어쩌라고 가을은 다시 왔는가?

무장산 억새꽃 어지럽게 흔들려도

길 나선 이 마음만큼 휘청거릴까

세파에 지친 몸 하나 품어 줄 곳 찾는데

여윈 내 영혼은 저 멀리 혼자 서성이네

기억 속에 땜질한 수많은 사연 안고

이 밤도 오롯이 홀로 걷는 나그네

도시의 달

빌딩숲 사이로 도시의 달이 뜨면
흐느적거리는 영혼들의 지친 발걸음들
가로등 불빛 아래 모였다가 흩어질 때
초저녁 기러기 날아가는 들녘의 달과
후미진 골목길에 비틀거리는 달 사이에
메울 수 없는 커다란 그리움의 공간아

빌딩숲 사이로 도시의 달이 뜨면
그리운 정 찾아 도는 서러운 노랫가락들
네온 불빛 따라 일렁이다 사라질 때
밤이슬에 개나리 잠든 뜨락의 달과
술잔 위에 떨어지는
눈물 젖은 달 사이에
돌아갈 수 없는 멀고
먼 유년의 시절아

홍시를 보다

내 언젠가 봄바람 불던 날
야물찬 꿈 하나 있어
참나무 장작같은 허벅지 하나 믿고
천 리 길 걷겠다고 길을 나섰다

가을바람 불어 서리 찬 어느 저녁
추억 속 산사에서 지친 걸음 다스리다
구비구비 걸었던 길 내려다보니
남은 길이 석양 속에 아득하네

고개 돌려 바라본 키 큰 감나무
무심히 일렁이는 저 붉은 영혼
밑천 없이 길 나선 나그네 가슴만큼
어둑한 하늘엔 하얀 달이 싸늘해

여름밤

검은 하늘의 열린 광장
모래알 같은 영혼들이 모여서
세상사를 속삭인다

별을 보면서
어떤 이는 추억을 이야기하고
어떤 이는 시를 노래한다

여름밤 깊은 하늘바다 속에서는
헤아릴 수 없는 아우성도
거대한 침묵의 덩어리도
하나둘 전설로 태어난다

월식이 있던 밤

검은빛 하늘바다에

둥근 세상이 잠겨 든다

어제는 우리도 휘영청 밝았는데

이제 조용한 소멸의 시간에 섰다

세상에 살아있는 모든 것은

오고 감에 다름이 없으니

하늘에 달이 차고 지는 순간처럼

가진 것 버리고 짐 진 것 내려야 할 시간

별 둥둥 달빛 일렁이는 하늘바다 앞

나는 긴 노 하나 들고 우두커니 서 있다

끝없는 밤하늘 저 끝 피안의 땅

이 밤 다 가기 전 노 저어 가려 하는데

달맞이꽃

저녁 안개 검은 강물 위에 내리면
기억 저편에 노란 등불이 켜진다
그날 밤 가슴 조이며 기다리던 너를
나는 달빛 내린 풍경에 취해 있다가
놓쳐 버렸음을 이제서야 알았다

아쉬운 마음 노랗게 진물 되어
이 밤 강 언덕에 꽃무더기로 핀다 한들
그 누가 이 마음 달래 주려나
시린 달빛만 잃어버린 세월 속에서
노란 꽃 피는 사연 말해 주겠지

그날 달빛 아래 소금쟁이 춤추던 시간
차라리 내가 먼저 고백할 것을
달 뜨면 피어나는 기다림의 영혼아
너는 나의 꽃이었다
나는 너의 꽃등이고 싶었다

코스모스 때문에

들녘에 선다
바람이 인다

흔들리는 꽃잎으로
싱그런 향기로
빈 가슴 가득 채워 보려 하는데

사람아
사랑아
이 가을을 어찌 감당할 거니!

다시 찾은 학교 길

산등성이 달 뜨면 우리 꿈 함께 뜨고
달밤에 금빛 모래 별처럼 반짝였지
그리워 그리워 다시 찾은 이 강가
해맑은 웃음소리 사라진 학교 길에
찔레꽃 곱게 피어 이 마음 달래 주네

넓은 들 강마을에 둥근 해 떠오르면
잔잔한 푸른 물에 물새들이 춤추었지
보고파 보고파 다시 찾은 이 강가
저 멀리 흰 저고리 빨래하던 어머니
잘 왔다 어서 오라 고운 손을 흔드네

다시 찾은 학교 길

♩= 120
노월 한 진욱글
Am Dm G
산 등 성 이 달 뜨 면 우 리
넓 은 들 강 마 을 에 둥 근
E E7 Am
꿈 함 께 뜨 고 - 달 밤 에
해 떠 오 르 면 - 잔 잔 한
Dm G E7 Am
반 딧 불 이 별 - 처 럼 반 짝 였 지 -
푸 른 물 에 물새 들 이 춤 추 었 지 -
G Am Dm E E7
그 리 워 그 리 워 다 시 찾 은 이 강 가 -
보 고 파 보 고 파 다 시 찾 은 이 강 가 -
Am G Dm
해 맑 은 웃 음 소 리 사 라 진
저 멀 리 흰 저 고 리 빨 래 하
E7 Am Dm
학 교 길 에 - 찔 레 꽃 곱 게 피
던 어 머 니 - 잘 왔 다 어 서 오
Dm Am E7 Am
어 이 마 음 달 래 - 주 네 -
라 고 운 손 을 흔 - 드 네 -

구진봉

어느 봄날
진달래 피어 그리운 날에
풀빛 푸르러 서러운 날에
스무 살 젊은 청춘

어머니의 눈물은 가슴에 담고
아버지의 근심은 어깨에 지고
꾸역꾸역 구진봉에 올랐다

가늘었던 손가락
마디마디 굵어져 갈 때
'충성 명예 단결' 함성은 높아만 갔고
서울은 굳게 지켜졌다

30년 성상에 황혼이 깃들어
별이 뜨고 서리 내린 그곳에 올라보니

함성소리 아득히 밀려오는데

머리 위엔 속절없는 백설만 내려

산새 한 마리 날지 않는 겨울 구진봉

저 아래 굽이치며 뛰어다닌 길

흩어지고 잃어버린 추억 담으며

잊혀진 전우 이름 불러 봅니다

전우야,

그날은 뜨거웠노라!

2018.11.24 수도방위사 구진봉에서

친구네 시골집

옥룡면 추산리 초입 그 집에 가면
백운산 허허로운 산바람
이끼 내린 돌담 위에
무언의 길손처럼 머물 듯 스쳐가고

흰머리 굽은 등 반겨주던 노모는
대문 옆 우물가 감나무 그늘 아래
빈 바구니 홀연히 남겨두고
먼 길 떠났다

담뱃대 길게 물고 헛기침 풀어내던
주름 깊은 영감쟁이 꾸릿한 내음은
채전밭 돌아 뒤안간 한 켠
녹슨 쟁기 옆에 걸렸다

먼 훗날 무서리 내리는 가을 저녁

애달픈 마음으로 이 집에 다시 오는 날

빨간 홍시 하늘높이 흔들리다가

별 달 함께하여 이 마음 달래 줄까

나의 60년

눈부신 세상을 찾아 길을 나섰다
끊어질 듯 이어지는 실개천 같은 길 위에
꿈은 늘 저만치 있었기에 걷고 또 걸었다
시시때때로 이유 없는 통증과 마음의 생채기를
바람 부는 언덕에서 씻어 가면서
코스모스 꽃물로 적셔 가면서

걸어도 걸어도 끝 모를 길 위에서
살구꽃이 피던 날은 그리움에 흐느꼈고
낙엽이 지던 날은 외로움에 비틀거렸지만
하늘이 무너질 듯 밀려오는 고달픔에도
좌절하기보다는 두 주먹 불끈 쥐고
가슴 두드리며 다지고 걸어왔다

이제는 어디서 지친 몸 달래 볼까
이른 아침 작은 새 해맑게 날던 곳
달빛 물든 달맞이꽃 초롱불로 섰던 길
기억 속에 사라진 그곳으로 돌아갈까
다시 서리 내리는 벌판을 헤매기보다는
어린 인연들이 자랐던 그곳으로 가자

세사에 멍든 가슴 두 손으로 다독이며
내 어린 날 고운 꿈이 서린 곳에서
사람들이 떠나 온기조차 식어버린 곳에서
다시 살구나무 심고 그리운 이들을 기다려 보자
지나온 시간처럼 또다시 외로워진다 해도
별이 내리는 방 안에 촛불 하나 밝혀야지

제2부

세월

목련꽃 피던 날

하늘이 맑아서 봄이 맑아서
연초록 드리워진 세상에 섰다
손가락 걸고 걷는 수많은 사람 속에
목련은 별다발로 어지러이 피어나고

하늘이 맑아서 너가 맑아서
순백의 꽃잎 위에 입술 한번 두었더니
너는 봄바람에 풀잎처럼 흔들렸고
나는 사월처럼 가슴앓이 시작이다

하늘이 맑아서 봄이 맑아서
목련 꽃 드리워진 세상에 섰다
꽃 바람 따라 걷는 수많은 인연 속에
순백의 사랑은 아름으로 피어나고

하늘이 맑아서 너가 맑아서

사월의 대지 위에 두 팔 벌려 보았더니

세월은 봄바람에 일렁이며 흘러가도

목련은 변함없이 그 자리에 피고 지네

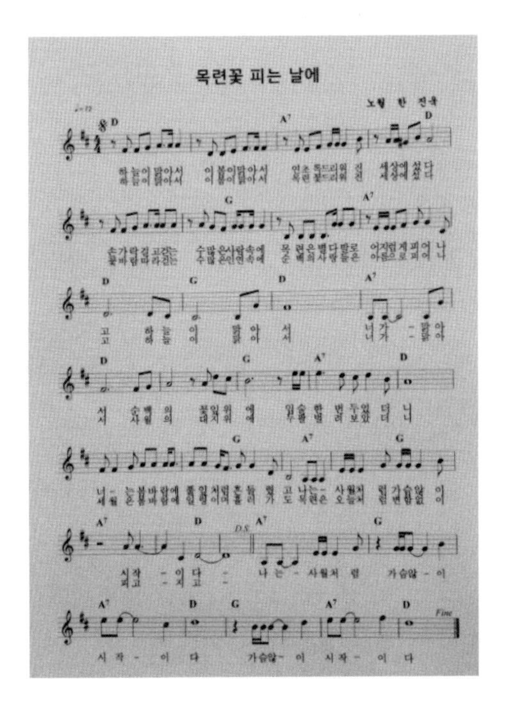

장마의 추억

마음 깊은 곳에 담아 둔

아직도 널어 말리지 못한

눅눅한 사연들이 가득한데

장대같이 쏟아지는 젖은 기억들이

세사에 시달려 허옇게 금이 간

질곡의 생채기를 또다시 두드리자

다독여 왔던 회상들은

떠오르고 아파오고

간밤 잠 못 들고

몸부림 쳤던 회한들이

황톳빛 강물 따라 이리저리 일렁이다

무너진 담장 넘고 문지방을 넘어서

습한 가슴까지 차오를 때

역류하듯 찾아간 추억 서린 들길엔

흐드러진 개망초만

피고 지고 피고 지고

효공왕릉의 겨울

배반뜰 넓은 벌판에
구비진 세월 견뎌 온 푸른 절개들이
외로운 왕릉 하나 품고 있다

천년의 부귀영화도 들바람 같은 것
노송은 낙목한천에 시절없이 푸른데
허허로운 무덤가 비석 하나 외롭다

죽림에서 태어나 큰 꿈 한번 펴 보려다
매듭매듭 쓰라린 역사의 생채기에
효공은 텅 빈 들녘에 바람으로 울고 있다

능소화

붉게 살고 싶었기에
가슴 깊은 곳에 품은 뜻
송이송이 매달아
높은 담장 훌쩍 뛰어넘었다

새벽 걸음으로 가고픈 세상
이제서야 찾았는데
차마 버리고 갈 수 없는
또 하나의 마음 있어

흙 마당 뜨겁던 유월 어느 날
녹색 옷자락 담장 안에 묶어 두고
찌는 햇살에 분홍빛 얼굴 되어
긴 목만 내밀어 두리번거렸다

입 춘

설익은 이월 아침
입춘이라 창을 여니
빈 들판 가로지르는
바람은 아직도 칼날

고드름 낙숫물 받아
화병에 담아 놓고
물오른 매화가지 꺾어 든
이 마음은 벌써 봄

봄빛이 스며들어

호미 들고 길 나서니

겨울 저수지 감아 도는

바람은 순식간에 훈풍

졸다 놀란 매화는

붉은 가슴 열었고

저 꽃 다시 피면 돌아오마

그 님은 굳은 약속 했었지

TV 진주 홍매화 피는 날

매화꽃이 피는 밤

바람은 매서운데 봄소식 궁금하여
잠 못 드는 이 밤에 창문을 열었다

기다리는 마음은 달빛만큼 은은해
혹여 하는 마음으로 너를 마주하는데

너는 볼 붉은 입 안에 머금었던 향기를
꽃바람 이는 날까지 기다리지 않고서
이 가슴 깊은 곳에 불어넣어 주었다

밤 깊은 창가에 안개비 고요하여
아직은 봄 향기 멀리 있다 하였는데

너는 젖은 가지 끝에 빗방울로 매달리다
산기슭 잔설이 녹는 날까지

겹겹이 남은 세월 기다리지 않고서
하얀 달 푸른 별 생각나는 이 밤에
묶어 둔 다홍 보따리 순식간에 펼쳤다

봄 비

이월이 지나는 날
봄비가 내린다
대지가 젖으니
마음도 젖는다

젖어 든다는 것은
함께한다는 것

하늘과 땅
우리 사는 세상에
봄비는 희망의
옥구슬로 내린다

홍매화 옆에서

뜨거운 정념인가
그 무슨 짙은 사연 있기에
가지가지 핏빛으로 물드는가

강물 같은 세월이 흘러
허물어진 절간에 낯익은 봄이 열리고
찬바람 머금었던 돌담 사이 이끼는
초록초록 돋아나는데

아직도 털어내지 못한 번뇌들이 빨갛게 남아
저리도 두 손 합장하고 가슴 저미나

서산에 붉은 노을조차
꽃잎 속에 잠드는데

일 생

푸른 세상에
하얀 꿈 가득 있어
그 꿈 찾아 길 떠나왔다

개망초 꽃 피고 지는
강 언덕에 올라보니
길은 길로 이어져 가이없구나

무정한 세상
한평생 속절없이 떠돌았으니
이제는 돌아가자
그때 그 자리

매 화

정녕 너는 내 마음 헤아린 적 있었나

언제 온다는 기별이나 있었으면

벌 나비 함께하여 너를 반겨 맞을 것을

먼 산 잔설 위에는 아직 바람이 찬데

어이하여 너는 애타는 나를 두고

서둘러 왔다가 서둘러 가는가

장미의 약속

꽃 피고 나비 날아드는
장미정원에 오월이 왔다

어제 오늘 그리고 내일
겹겹이 붉어 온
붉어질 일생
봄 가고 꽃 진다 해도 맹세는 향기로워

꿈, 희망 그리고 여백
알알이 맺힌 삶의 여정
기억하고 쌓아가자 다짐을 했다

시월이 가는 하루

자작나무 노란 잎새
달빛 한줄기 걸쳐지고
아련아련 흔들리는 여윈 가지 위
잠에 겨운 산새가 고개 숙일 적
된서리는 고요 내려
하얀 꽃을 피운다

그리움이 가슴 깊은 곳에서
아리도록 차오르니
세상사에 잠들지 못한
시린 나의 새벽은
이렇게도 서둘러 찾아오는구나

새벽안개 점점으로 사라지는 이 아침
자작 잎새 반짝이는 이른 숲길에
이 생애 다시 볼까 기약 없는

이. 순. 간

낮달 하나 꾸역꾸역

흰머리 내밀자

머뭇거린 시월은 허급지급 떠나네

마로산성

솔가지 사이로 다가온 가을바람
은빛 억새꽃을 스치며 지나간다

작은 벌 한 마리 찾아주지 않은
텅 빈 옛 성터
쑥부쟁이는 그 어떤 인연으로
여기
하얀 꽃을 피웠나

그날
뺏으려는 자와 막으려는 자의
굵은 핏빛 함성이
이 성벽 저 산 넘어 울려 퍼질 때

먼 곳 어느 마을
초가집 마루 끝에는

전쟁터 나간 지아비의 슬픈 소식에
지어미의 통곡소리 밤을 지새고

천 년 전 그날에도 가을바람은
오늘처럼 저 은빛 갈대꽃을
스치며 지났을까

가을이 가는 날

바람이 불고 하늘이 높아
목적 없이 길을 나섰다

지난 여름 저 흰구름
만 가지 형상으로 조각되어
내 어린 기억의 편린들과
끝없이 유영하더니

오늘
계절이 바뀌는 길목에서
안개처럼 엷게 스러져 간다

다시 한 시절이 가면
들국화를 좋아하는 이에게는
애절한 기억보다 더한
아픈 계절이 오겠지

어찌할 거나

서리 맞은 노란 산국 같은

짙고도 짙은

그 그리움의 향기를

매 미

이 무더운 시절에
절규할 일 무엇인가

오늘처럼 미루나무
오지게 푸른 날은

두 날개 활짝 펴고
그냥 날아 보아라

숨죽여 살아온
긴 침묵의 시간 다 잊고

온몸으로 받아야 했던
누명의 틀도 깨고

그물 옷 벗어 던지고

빈 몸으로 춤추듯 날아 보아라

어차피 우리 생애

언젠가 또 찬바람 불면

너도 가고 나도 가고

침묵의 시절은 다시 오는 것

오! 한여름 날의 짧은 생이여

푸른 시절

북악산 바위틈에

스물두 개 태양을 묻었더니

별이 내리는 밤에도

달이 부서지는 밤에도

무색의 공간 위에

밀려오는 그리움

두 팔 벌리면 멀어지고

뒤돌아보면 아득한 곳

뻐꾸기 울음 소리에

까투리가 나는 한낮

느린 걸음 세월이

저만치 걸어가도

국방색 숲속에서

남쪽 하늘 바라보며

먼 이야기에 가슴 적시다

어디선가 힘찬 구령 소리에

움켜쥔 총 고쳐 잡던

구릿빛 얼굴에 푸른 청춘들

제3부

풍경

정월 대보름

해 저무는 들녘에 불길이 치솟았다

장대 높이만큼 솟아오르던 붉은 기운이
달려오던 들바람 등에 업혀
끝내는 수많은 별이 되어 하늘로 올라갔다

불을 돌리던 아이들의 꿈
상모를 돌리던 쇠꾼들의 소망을 담아

어둠이 내린 처마 낮은 집 장독대 위
정한 물그릇 하나 올려졌다

꽹과리 소리 밤하늘을 돌고 돌다 담장을 넘고
고요한 사발 안에 잔잔한 물결이 일자

등 굽은 어머니는 세상이 고달플 자식 걱정에

청천 하늘에 놋그릇 같은 달등(月燈) 하나 걸었다

어머니의 추석

고사리 열 단 취나물 스무 묶음
무거운 장바구니 머리에 이는 아침
봉계장 가는 길 고무신은 이슬에 젖고

시끌벅적 대목장 흥정소리 잦아들 즈음
정오가 훌쩍 지나 하루 해는 기울고
추석은 가을색으로 다가오는데
나물 팔아 마련한 빨간고기 돔배기 담아
큰집을 거쳐 잰 걸음으로 돌아오는 길
머리에 인 바구니 끝엔 누런 달이 걸렸다

저 달은 다 찼는데 소식 없는 맏아들
올 추석엔 오려나 어두운 하늘 보며
두 손 모으는데
뒷집 아들 추석 선물 소주 댓병 무겁다고
이름 모를 산새들이 구우구우 울었다

사립문 화알짝 열어 두고 귀 기울이는

어머니의 추석전야(秋夕前夜)

딸랑딸랑 대문 소리에 버선발로 뛰는 엄마

마른 젖 물려 키운 내 새끼 왔나

뛰는 가슴 쓰다듬고 어두운 마당 나서 보니

인적은 간데없고 저 멀리 신작로엔

달빛만 부서지고

누나가 시집 가던 날

한줄기 봄바람이
사립문 흔들며 다가오던 날
장독대 넘어 살구나무
하얀 꽃을 피웠다

면사포 곱게 쓴 스물셋 누나는
엄마의 눈물 속에 정든 집 떠나고
함께 울고 웃던 내 하얀 기억들은
초록 언덕에 홀씨로 떠다녔다

별빛이 돌담을 휘감는 밤이 깊으면
고향집 방 안에는
옅은 불빛 흔들리고

이제는 타인이 된 누나 생각에
애써 쓰라린 가슴 달래 보는데

젖은 베갯잇 위에는

적막이 이명(耳鳴) 되어 흘렀다

봄 밤

밤새

톡! 톡! 사각

저마다 아름다운 여인들이

푸른 달빛 아래 가슴을 연다

하얀 살결

연분홍 속살

금빛 내리는 뜨락

어느새 초승달

앞산 위에 걸리더니

잠 못 드는 창가에

전설 하나 남겼다

양학동의 봄밤

봉선화 피던 밤

딸아이 열 손가락 고운 손톱에
봉선화 연붉은 꽃물 들이다
초롱초롱 달려있는 꿈들을 보면
가슴속 피어나는 작은 행복에
가녀린 꽃잎처럼 연붉게 웃었는데

모두가 떠나버린 텅 빈 뜨락에
인적마저 사라진 어두운 하늘
봉선화 꽃씨 터져 별처럼 흩어질 때
잃어버린 것이 무엇인지 알지 못한 채
달빛 내린 정원에서 흔들리며 찾는가

감자꽃을 보다

봄 지나 여름이 오는 길목
감꽃 핀 녹음 짙은 감자밭에
빛 바랜 문풍지 색으로 감자꽃이 핀다

그리움에 나는 지금 감자꽃을 바라본다

동쪽 하늘 먼 곳
늙은 소의 긴 울음소리
거품 같은 울림 하얗게 피었다가
뻐꾸기 소리 따라
허공으로 사라질 즈음
흰 저고리의 어머니는
호미질이 바쁘구나

씨감자 같은 어머니의 자식 소망
남몰래 삭혀야 했던 수많은 사연들

가슴속 서린 아픔 자줏빛 멍울로 맺혀
알알이 굵을 때까지
긴 세월 꽃으로 침묵했다

허공이 하늘과 맞닿은 그 곳
누렁이 몰고 걷는 가녀린 어머니여
이 순간 내 발길 그곳에 닿을 수 없어

그리움 가득 안고 나는 지금 감자꽃을 바라본다

봄 회한

봄비 그친 뒤
봄 더 깊어진 휴일 오전
햇살 한줄기 철퍼덕 걸쳐진 논둑에 섰다

옥곡면 묵백리
뒷산 진달래 꽃무리 아직은 아득한데
앞집에 부지런한 노부부는
벌써 호미를 들었다

저 노인 살아생전
이 봄을 몇 번 더 맞이할까?

내 생애에 기쁨과 노여움
내 생애에 슬픔과 즐거움도
얼마 뒤 소쩍새 소리에
긴 겨울 먼지 털고

매화꽃 향기 따라 흔들리며 가겠지

내 인생의 봄날도 그렇게 간다

동네 이모

내일 모레면 팔십을 바라보는 부산정 할머니
고향이 같아서 이모라 부르기로 하였다

길고 긴 타향살이 아린 마음 달래 준다며
노란 콩잎에 고향의 정을 절여
"우리 전무님이 좋아서." 옛날 반찬 준단다

주름은 깊고 작은 키에 고운 모습 우리 이모
굽은 등 희끗한 머리에서 어머니를 보았는데

어느 날 받지 않는 전화에 혹여 하는 마음 있어
걱정으로 찾아가니 "영업 안 합니다." 걸려있고
잔잔한 불빛 아래 노부부가 말없이 식사를 한다

가슴 쓸어 내리며 조용히 물러나온 그날 밤
이모와 나누어야 할

남은 고향 이야기를 생각했다

날이 밝자 인생의 무게에
짓눌린 몸으로 입원한 이모
그날의 저녁상이
이 세상에서 가장 소중한 시간이길 빌며

내 걸어온 길 돌아보니
가로등 불빛이 점점이 애잔하다

찔레꽃 1

아리랑 고개 넘고
압록을 건너
먼 북방 땅 찬 바람 속
하이얀 소녀야

고향 땅 복숭아꽃 붉은 그리움에
한 맺힌 서러움의 방울
모듬모듬 하얗게 피웠더냐

고달픈 한세상
저녁노을 질 때면
물동이 이고 걷던
황톳길 생각하며
고달픈 마음 달래는 보았느냐?

오월이 다 지나도록

그 향기 아득한데

까. 짓. 것

암향은 접어두고

붉게나 피어 보지

※ 포항시 양학동 뒷산 둘레길에서

찔레꽃 2

삼백 예순 다섯 날
하얗게 바랜 입술 눈물로 깨물며
잿빛 하늘 향해 외친 절규
먼 들녘
찬 서리 눈처럼 내릴 때
송이송이 작은 열매
핏빛으로 맺혔다

그날, 바람 차가운 봄날
하얀 꽃잎 되어 울며 건너던
이 땅의 푸른 경계
압록강 강물에는
짝 잃은 꽃신 한 짝 부여안은
열여섯 산골 소녀의
서러운 눈물도 함께 흘렀다

봄 가니 겨울 오고

겨울 가니 봄 오고

북방 땅 마른 가지 잔설이 녹을 즈음

돌아온 고향 땅엔 연초록이 짙어 가는데

기울어진 사립문 흔들어 봐도

모두가 떠나가고 반기는 이 없구나

어이하나

찔레순 꺾어 들고 돌아온

흰 꽃 머리 장식한

나비 같은 여인아

찔레꽃 3

오월이 초록초록 번져 가던 날
숨결 같은 고요가 드리워진 길가에
하얀 꽃송이 눈처럼 반짝였다

휑한 가슴 스치는 바람소리
먼 기억 속의 몽롱한 순백의 향기
내 잊혀진 봄날을 휘감아 돌더니

문득,
찔레숲 푸른 그늘 뒤
사라졌던 까까머리 아이 하나
빛바랜 미소로 잠든 나를 깨웠다

설날이 오면

선달이라 그믐에 초저녁별 눈을 뜨면
고향마을 들길에는 추억들이 줄을 서고
손가락 접어 기다리던 섣달 그믐밤
이 집 저 집 아이들은 묵은 세뱃길 나섰다

마당 깊은 곳에 호야등 흔들리고
초가집 처마 밑에 겨울새 꿈꾸던 밤
동구 밖 당산나무 부엉이 홀로 우니
서산에 여우가 긴긴밤 함께 울어 주었다

어둠이 짙은 새벽 늙은 수탉 회를 치고
미루나무 위 까치집이 덩달아 바빠질 즈음
시린 손 입김 불며 큰집에 들어서자
할매 방문 앞 볏짚 멍석이 먼저 반겨 주었다

옥곡역에서

또다시 찾아온 가을 깊은 날
기적소리 사라진 시골역 뜨락에
붉게 물든 단풍잎 모듬모듬 쌓였다
우리 숱한 기억들이 노랗게 질어 가면
어떤 이는 추억이 아름답다 하였고
다른 이는 추억이 서러웁다 하였다

아름다움의 끝은 슬픔인가
그리움의 끝은 무엇인가
이제 희미한 옛 이야기는
빈 들판 꼬리연 떠나가듯
듯 멀어지는데
내 희끗한 머리칼만
바람에 흩날리고

옥곡역: 광양시 옥곡면 소재 폐역(2016년

봄까치

겨울이 참으로 긴 세상에
작은 어깨 움츠린 이월 같은 들꽃아
누구를 위하여 이 차가운 들길 위에
서둘러 피웠느냐

기다림은 아름다운 것
기다림은 참아내는 것
사랑은 지나가는 것이 아니라 쌓여가는 것
조급한 마음에 잰 걸음으로 왔구나

시리도록 언 가슴에 피운 꽃이여
갯버들 눈을 뜨고 봄볕 넘치는 날에
오, 생명처럼 번져라
푸른 세상 저 멀리

나의 살던 고향은

준주봉 흰 눈 녹아
시냇물 맑게 흐르고
푸르른 보리밭 위로
종달새 하늘 높이 날고
달빛 내린 뒤뜰에
살구꽃 피는 소리
오! 멀리서 봄이 오는 소리

여우별 아름 안고
밤길 걸어 다다른 곳
서산 부엉이 구슬눈 크게 뜨고
솔가지 움켜잡고 긴긴 밤 지키는 곳
궂은비라도 오는 밤이면
형산강 개여울 따라 청개구리
모질게도 울었다

월산리(月山里) 넓은 들녘 빈집은 늘어도

높은 하늘엔 붉은 감

올해도 뭇별처럼 매달려 있을까

어둑해진 산골에

기러기 떼 날아가는 하늘가

여느 집 굴뚝 저녁 연기는

지금도 안개처럼 피어오르겠지

깊은 밤 눈이 내려

소리 없이 쌓이던 밤

까마득한 곳에서

검둥이는 하늘을 짖고

위이잉 밤바람이 지나가면

마굿간 암소 되새김질 멈추고

맑은 눈 껌뻑껌뻑 하는 곳

오! 나의 살던 고향아

소나기 오는 오후

어깨 위에 바위를 얹고
물살 거친 세월을 건너다
습한 마음 하나
위로받지 못한 채
눅눅한 장판 위로
드러누운 아버지의 피로

검은 구름 벌 떼로 밀려오고
전쟁터 화살처럼
떨어지는 빗방울에
흙마당 마른 먼지
푹푹 튀는 오후 세 시
아궁이에 불 지피고
솥뚜껑 엎어 기름칠한 부추전에

누운 소 벌떡 서 듯

고쳐 앉은 그 순간

후두둑후두둑

뼈마디 사이사이 인고의 통증들이

머리까지 내려온 검은 구름을

어영차 밀어내고

푸른 하늘을 본다

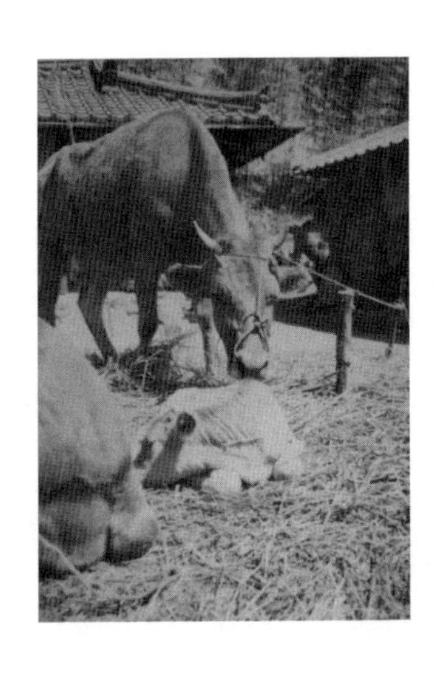

제4부

면 산

한 해를 보내며

잿빛 하늘이 아래로 아래로 내려
백연 같은 사연들은 해묵은 기억처럼
켜켜이 쌓여 가는데
땅 위의 모든 것들은 어디로 흘러 가나
바람이 지나간 잎새
구름이 쉬었다 간 가지 끝에는
수심 깊은 추억들만 흔들리고 있다

열두 달 내내 떠돌았던 하많은 꿈들
과하게 탐하다 부서져 버리고
속절없는 성냄에 색 바래져 버리니
오온(五蘊)이 공하고 공함을 이제야 깨달아
무너지듯 분해되는 한 해의 끝자락
이제 고요한 면벽(面壁)의 시간에 선다

이루지 못했다고 절망할 일도

다 가졌다고 들뜰 일도 아닌 것은

달이 뜨고 별이 지는 것과

그 무엇 다를 수 있겠나

결국 너와 나의 생은

공(空)으로 왔다가

색(色)으로 살다가

공(空)으로 가는 것을

아버지의 마당

서쪽 하늘 노을 뒤편에 어둠이 드리우면
기러기 날아가는 텅 빈 들녘 위로
서릿바람은 숨 거친 소리 내며 휘몰아 가고

긴 밤 찬 기운에 추울 새라
누렁소 넓은 등짝에 거적대기 덮어 주며
덤덤히 쓸어주던 거친 손의 아버지가

땅거미 짙어가는 시골집 마당에서
푸른 달빛이 안개 되어 내릴 때까지
등 굽은 소나무처럼 우두커니 서 있다

간밤 뒤뜰 대밭에 바람소리 요란하여
세상이 얼었을까 문틈 사이로 내다보면
앞마당엔 무서리가 눈처럼 덮혀 있고

움켜잡은 쇠스랑이 새벽부터 바쁘더니
김 서린 두엄더미는 담장까지 높아지고
낮달도 지고 하루 해는 짧았다

다시 시린 별이 내려온 시골집 그 마당엔
털어낼 수 없는 우리들의 수많은 이야기가
아버지의 검정 고무신에 쇠똥으로 묻어 있다

꽃무릇(상사화)

너 없을지라도

나는 너를 진정 추억하기에

한 계절 햇살 가득 담은

뜨거운 심장 붉게 터트려

꽃우산 만들어

너의 그늘이고 싶었다

태어나서 사라지는 날까지

내가 가진 작은 바람조차도

너는 허락하지 않았구나

다시 서리 오고 눈 녹고

꽃피는 계절이 오면

쓰라린 마음

붉게 피어날 테니

너의 파란 잎새 한 가닥에

이 아픈 마음

걸쳐주지 않으련

사면초가

강을 건너 몸을 숨겼다가
다시 한번 거친 흙바람 일으켜 보렸는데
천하를 호령하던
사나이 한세상도
저무는 날에는 초라하구나

이 밤을 어찌 감당할까
천지 사방엔 슬픈 고향의 노래
남겨진 여인의 머리 위엔
누런 달빛마저 흔들리고
백마가 달려갈 저 벌판은
깊은 어둠 속에 묻혔구나

아서라!

장부의 한세상 주먹 쥐고 살아봤으면
또 한 줌 더하여
무슨 영화 찾겠는가

이제 피 묻은 칼은 내려두고
어린 뼈 자란 고향 땅 찾아
대나무 말 타던 벗들과
풀피리 불며 살지

산사의 밤

가을 지나 겨울이 오는 산사
가지 끝 붉은 홍시 달 아래 찬데
영혼 없이 지나가는 산바람 소리
인적 끊긴 절간에 흔들리는 불빛은
홀로 선 나그네 긴 그림자 비추네

내 알지 못하는 스님의 독경 소리
처마 끝 풍경 따라 일렁거리고
헛잠에 겨운 사바 세계의 지친 영혼들은
오늘밤 어디에서 외로이 잠들 건가
아득히 먼 곳 아이들 소리 들리는데

들국화의 꿈

갈색빛 햇살 따라 살아온 천년
한적한 들길 위에 백색의 꿈이 있었다

채워도 채워도 못다한 꿈 찾아
안타까운 날갯짓의 작은 벌 한 마리
바람 탄 꽃잎처럼 쉼없이 흔들리고

영겁의 시간에서
찰나로 사라지는 이 생애
아쉬움의 향기 겹겹이 모아
별이 지고 달이 차는 어느 봄날에
그 꿈
이 언덕 어디에
다시 피어라

꽃님이

햇살 좋은 어느 해 봄날
아침 안개처럼 하늘하늘 찾아온
참꽃 같은 아이야

바짓단, 양말 물어뜯고 나풀거리며
퇴근길 붙잡기 놀이에 신이 났던 시절을
너는 기억하니 우리들의 웃음들

써니벨리 주차장을 맘껏 뛰면서도
어이 궁금한 게 그리 많았기에
수수꽃다리 잎새까지 킁킁거렸니

아이들 놀이터 물끄러미 바라보던 우림에서
너를 닮은 세 아이 낳고 키우느라
작은 몸에 뜨거운 모성애도 느껴 보았니

함께하고 싶었다 오래 있고 싶었다

미안하다 이 세상 끝까지 함께하지 못하여

더 좋은 가족들과 행복하여라

오월의 주산지

붉은 해 아직 멀고
어제 뜬 달 희미한 첩첩산중
미풍조차 숨 죽이는
오월의 주산지 길
전설 하나 어깨 얹고 걷는 새벽에

찔레순은 여린 향
초록으로 담아 내어
청정한 호수 물결 속에 재우고
청아한 공기는
잠든 영혼 깨우치니

세사에 찌든 몸이
긴 호흡 품었다가
문득, 떠오름이 하나 있어

이날까지 내 인생길

바둥바둥 살았으니

남아있는 인생길은

하늘하늘 살다가

언젠가 이 세상 하직하는 그날은

주산지 왕버들 잎새

서리 붉을 때

그리움은 품에 안고

아쉬움은 걸어 두고

주산지 물빛처럼

허이허이 가야지

묵백리 달밤

겨울은 아직 멀어 국화향 은은한데
가지 끝 모과 몇 알 그 무엇 미련남아
날 저문 밤하늘 아래 흔들리며 있을까

적막한 산골마을 저녁연기 가라앉고
옥구슬 개울 따라 벌레마저 잠든 이 밤
조용히 작은 불 밝혀 묵은 책을 넘긴다

사방은 적막한데 둥근 달은 휘영청
읽던 책 덮고 보니 고향산천 그리워라
내 형제 내 친구들도 저 달 보고 있을까

천지는 아득하고 이 밤은 삼경인데
산 넘어 또 산 넘어 저 달빛 내려앉은
내 고향 오솔길 따라 달려가는 이 마음

아버지

아버지의 아버지 때부터 아버지는
늘 어깨에 바위 하나 얹고 살았다

매서운 바람 불어 마른나무 꺾이고
억수 같은 비가 내려 강물이 넘쳐도
어깨 위에 바위는 내리면 안 되는 줄 알았다

이것이 운명이니 견뎌야 된다고
아파도 힘들어도 지켜야 할 가치라고
그래서 아버지의 가슴은 늘 푸른 멍 들었다

그러나 아버지의 아버지 때부터
아버지는
그냥 바람 언덕에
들풀이고 싶었다

해질녘 바다

해질녘 바다에는
푸른 파도의 염원(念願)이 있다

밤새워 달려도
닿지 못하는
뭍을 향한 꿈이 있어

오늘 밤에는
기어이 다가서리라
굳은 맹세 하얗게 토한다

해질녘 바다에는

길 떠난 자의 염원(念願)이 있다

쉼없이 밀려오는 여수(旅愁)

이제는 넋 놓고

기다릴 수 없어

이지러진 저 달이

한 가득 차오르기 전에

돌아가리라 다짐을 한다

감꽃이 필 때면

감꽃이 필 때면
나는 너에게 편지를 쓴다
이른 아침 연푸른 밭둑과 검정 고무신의 소년과
새벽을 머금고 영글어진 감꽃 이야기를
공책 맨 뒷장 침 발라 찢어 낸 누런 종이에
일기 쓰듯 적어서 너에게 보낸다

감꽃이 필 때면
나는 너를 향해 노래 부른다
설레는 가슴으로 바라본 고향집 감나무 아래
두어 평 평상에서 흥얼거렸던
감꽃 같은 옛 노래를
반백이 넘어 이제서야 알 것 같다
아직도 너를 향한 마음은 감꽃 색깔인 것을

감꽃이 지면

나는 한잔의 술을 마신다

감꽃 떨어진 자리에서 하늘을 보면

푸른 잎새 사이사이

알알이 맺힌 추억들 아득하여

내 마음 너에게 닿지 않을 만큼의 거리에 두고

꽃 진 자리에 앉아 그리움을 쌓는다

유월의 아버지

당신과 나 사이에
잎새 푸른 한 시절 뜨거웠기에
마른 강변에 개망초 핀 이야기 따라
옷깃 여미며 당신께 왔습니다

우리들의 유월은 물빛만큼 푸르러
서러움 반 그리움 반으로 채워졌기에
저 물 건너 덩그러니 서 있는
물수양버들 한 그루 바라봅니다

긴 총 방아쇠 당기던 당신의 검지
짙은 화약 냄새 아직도 남았는데
쟁기 잡은 굳은 손바닥 당신의 역사에서
생사가 공하고 공함을 이제야 봅니다

돌아서 나오던 길 뒤돌아보니

공허가 남아있는 당신의 옆자리

행여 한평생 희로애락 나눈 이가 궁금하거든

영천 하늘 아래 잠든 바람이라도 깨워 보소서

– 영천 호국원에서

구진봉 찬가

여기
푸른 시절이 그리운 이들이
아리랑 고개에서 트럭을 타고
오월의 장미가 늘어진 곰의 집을 지나
구진봉 봉우리에서
창공전우회라는 이름을 지었다

총 잡고 방아쇠 당기던 손가락 굳어졌지만
서울을 지키자던 의기는 남아
온 세상 팔도에서 쌓아가는 참된 뜻
마음에서 마음으로 샛강으로 흘러와
비로소 큰 강물 되어 구비구비 넘친다

언제나 마르지 않는 도도한 강물 같은 곳
넘치지 않아 겸손이 초록 같은 것
세사에 더렵혀지지 않은 순수 같은 터

먼 훗날

우리들의 이야기가 주절주절 엮어져

세상에 그리운 전설로 남아

해가 지고 달이 져도 변치 않으리

– 수방사 창공밴드 4주년 기념

천국에서

남쪽 먼 태평양
작은 섬 하나 있어
태초에 신들이 살던 섬

하늘은 끝이 없고
바다는 에메랄드
모래는 은빛 물결

하늘과 바다와 모래의 경계가 사라져
거북이 나와 함께 헤엄치고
새들은 나를 보고 친구 하자 하는 곳
두려움이 없는 세상에서
인간계를 돌아본다

언젠가 내 삶이
지극히 힘들어 지면

내 가진 부질없는 것

모두 다 던져 버리고

이곳 천국에서

호올로

바람으로 살다 가야지

– 뉴 칼레도니아 덕 아일랜드에서

겨울바다의 약속

짧은 해 지나가는 창가에 앉아
무채색 겨울바다 바라보면
깊고 짙은 바램도 침묵으로 흐른다

한없는 바다 저 끝에서
밤새워 달려 온 포말의 웅성거림
긴 모래 언덕에 봄눈처럼 사라지고

나란히 바라보는 우리 세상
비가 내리는 날에는 마른 가지가 젖고
별이 쏟아지는 밤에는 영혼아 젖어라

이제껏 이루지 못한 바람들을 가려내어
깊은 마음속 선한 약속으로 키워
그날이 오면 저 밤 바다에 등대로 서리라

불놀이

봄이 오는 밤하늘
훨훨 꽃 불길 타오르면
아득히 머언 곳
노랫가락 들려 온다

“하늘에는 별도 많고
이내 마음엔 근심도 많다.
쾌지나 칭칭 나네.”

흰 옷에 거친 손의 사람들
어깨에 어깨 걸고 얼기설기 춤출 때
앞산 위엔 두둥실
둥근 달이 떠오르고

작품 해설

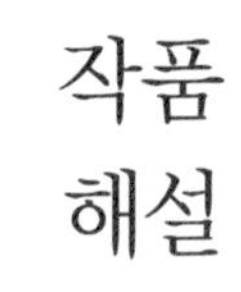

1. '새마을 운동'이 한창일 즈음 일요일 아침이면 마을마다 아이들이 호미와 빗자루를 가지고 나와 꽃밭을 만들고, 골목길 청소를 하던 시기에 초등학교를 다녔다.

모두가 힘들고 가난한 시기였지만 자라고 성장하는 동안 세상은 넓은 황금빛 들녘과 푸른 강, 그리고 맑고 높은 하늘이 어우러진 아름답고, 사람들 사이에는 정이 넘쳤다. 그러다 보니 어른이 된 후에도 마음속에는 늘 그림 풍경들이 잔상으로 남아 있었고, 시의 방향성도 자연스럽게 그쪽으로 향하고 있었다.

시인 강대환(지필문학회장)의 서평 중 "한진욱 시인의 「어머니의 참깨밭」의 시는 서정이 유유히 흐르고 있는 강가에 노을이 물들어가고 있는 것처럼 맑고 깨끗

하다. 시인은 그리움의 전형이다. 그리움의 화신이다. 사유와 사색이 가물거리는 기억의 끝을 붙잡고 사색의 통로를 개척해 나간다. 물질만능화로 자칫 사장될 수 있는 휴머니티(Humanity)를 꽃 피우는 위대한 힘을 지니고 있다."라 함에 공감을 한다.

2. 그리고 나는 현장에서 보고 느끼는 순간들을 종종 시로 표현하였다.

역사적 현장에서, 그리고 드라마나 영화를 보면서 그 속으로 빠져들 때 쓴 시들이 있다. 「남한산성」, 「찔레꽃」, 「마로산성」, 「사면초가」, 「효공왕릉의 겨울」 등이 그러하다.

또한, 시인 강대환의 서평 중 "「마로산성」에서는 따뜻한 시선을 감지해 낼 수 있다. 뺏고 뺏기는 전쟁터에서 휑뎅그렁히 남아있는 성터에 찬바람만 몰아치는데 하얀 쑥부쟁이 애련타 생각하는 시인의 마음이 햇살처럼 눈부셔 온다. 그러면서 시인은 천 년 전 그 날에도 가을바람은 오늘처럼 저 은빛 갈대꽃을 스치며 지났을까? 생각하며 마지막 블로킹필터(Blocking filter)의 역할의 의미를 부여한다."라 한 것처럼, 나는 역사 속에 흐르는 우리 민족의 서정성도 표현하고 싶었다.

3. 나는 야생화을 좋아하여, 직접 심고 가꾸며 이를 통하여 지친 심신을 달래곤 했다.

'코스모스, 달맞이꽃, 목련, 꽃무릇, 봉숭아, 능소화' 이런 유형의 꽃을 통하여 그 마음을 시로 표현하였다. 특히 「목련꽃 피는 날」은 사월이 되면 아주 먼 학창시절 사춘기 때로 되돌아간 설레는 마음을 담아 "너는 봄바람에 풀잎처럼 흔들렸고, 나는 사월처럼 가슴앓이 시작이다."라는 표현처럼 봄앓이를 하였다.

코스모스와 관련된 시들도 추억을 되새겨 보는 시들이다. 사회생활을 하면서 받았던 수많은 스트레스는 다행히 코스모스를 보면서, 그리고 그 길을 걸으면서 해소되었다. "살아도 살아도 낯선 도시의 불빛, 흐느낄 수조차 없는 고달픔이 밀려올 때, 기억 속에 어둑한 강둑길 찾아가면, 달빛 물든 코스모스 어서 오라 손짓하였다."처럼 코스모스는 내 마음을 고향처럼 위로하였다.

4. 4부에는 아버지와 관련한, 그리고 지나간 시절의 아쉬움을 표현한 시들을 모아 보았다.

아버지를 생각하면 지금의 내 모습을 되돌아보게 된다. 철이 들기 전까지 아버지에 대한 이해가 많이 부족했다. 마흔이 넘어설 즈음, 내 나이에 아버지의 마음은 어떠했을까 생각이 들기 시작했고, 그제서야 아버지의 마음이 이해되었음에 안타까움이 참으로 크고, 죄송스럽다.

시골 살림에 많은 자식들의 뒷바라지에 얼마나 힘이 들었을까, 그리고 막막한 미래에 얼마나 불안했을까? 이런 생각 등으로 아버지와 관련된 시를 썼다.

그 바탕에서 쓴 시들이 「아버지의 마당」, 「소나기 오는 오후」, 「아버지, 유월의 아버지」 등이다. 특히 「아버지의 마당」에서는 지금도 등 굽은 아버지가 날이 저

물어도 방안에 들지 못하고 마당에서 우두커니 서 있는 모습이 눈에 선하다. 수많은 사연들이 아버지의 검정 고무신에 붙어있는 쇠똥처럼 나의 뇌리에 떠나지 않고 있다.